KB116516

한국의 단시조 156편

한국의 단시조 156편

—

초판 1쇄 2015년 7월 27일
엮은이 이송희
펴낸이 김영재
펴낸곳 책만드는집

—

주소 서울 마포구 양화로3길 99 4층 (121−887)
전화 3142−1585·6
팩스 336−8908
전자우편 chaekjip@naver.com
출판등록 1994년 1월 13일 제10−927호

—

* 잘못 만들어진 책은 구입하신 서점에서 바꾸어드립니다.
* 책값은 뒤표지에 표시되어 있습니다.

—

ISBN 978−89−7944−533−6 (04810)
ISBN 978−89−7944−513−8 (세트)

한국의
단시조
006

이송희 엮음

한국의 단시조 156편

책만드는집

| 차례 |

들어가며 • 11

시조의 본령, 단시조에 대한 고찰

이송희

1. 시조의 형성 과정과 현대적 변용

우리의 고전시가는 '시詩' 텍스트와 '노래歌'가 결합된 방식으로 존재해왔다. 원시 종합예술인 발라드 댄스ballad dance, 그리고 상고시대의 시가에서부터 민요, 향가, 고려가요 등 많은 고전시가 작품들을 통해 시와 노래의 결합 양식을 확인할 수 있다. 이 말은 단순히 시가 언어로 된 예술만이 아니라 율격, 즉 리듬을 가진 텍스트라는 점을 환기한다. 우리의 시가 작품 중에서도 시조는 '시'와 '노래'로서의 성격을 두루 갖추고 지속적인 변화와 갱신의 과정을 거쳐 오늘까지도 장르적 속성을 이어오고 있는 유일한 문학 양식이다. 상고시가나 향가, 고려가요가 당시 왕조의 운명과 생성, 소멸을 함께한 데 반해 시조는 개인적인 정서나 서정, 풍자와 해학 등을 펼쳐나가면서 그 명맥을 이어온, 현존하는 가장 오래된 시가 양식이라는 점에서 의의가 있다.

전대의 고시가들 대부분이 국가의 건국이나 풍요를 기원하는 제의적, 주술적, 집단적 성격을 띤 노래였다면, 시조는 왕실과 국가의 안녕을 기원하는 경우라 할지라도 개인적으로 창작되고 불렸던 노래다. 또한 시조는 왕에서 평민층에 이르기까지 가장 폭넓은 향유층을 확보하고 있었다. 이러한 이유로 시조는 오늘날까지도 우리 고유의 양식이라는 특수성 속에서 정형의 형식과 전통을 이어가며 지속적으로 현대적 양식으로 변용을 꾀하고 있는 것이다. 특히 평시조에서 확장된 사설시조, 평시조와 사설시조의 혼합형인 옴니버스 시조의 양식 안에 자유로운 사상과 이미지를 담아내려는 형식 실험은 근간에 시도하는 중이다. 또한 시조의 배행과 분절, 타 장르의 작품을 패러디하거나 인유하여 역사나 시대를 풍자, 알레고리화하는 시도들은 현대시조가 형식적 안정성에 안이하게 갇히지 않고 새로운 형식적 확장을 통해 현대성을 획득해가는 과정으로 보인다. 이렇듯 시조의 형식 실험은 시조 장르의 저변을 확장한다는 차원에서 의의가 높다.

그러나 시조의 본령은 단시조다. 시조가 다양한 변화를 시도하면서 현대적 양식으로 거듭나고 있는 요즘, 시조가 길어지는 경향이 많다. 시조의 본령을 기억하면서 그 저변을 넓혀가는 다양한 실험적 모색이 이루어질 때 현대시조의 위상이 확고하게 서지 않을까. 이 글은 시조의 본질에 대한 탐색과 단시조의 변이 과정에 대한 고찰을 통해 우리 시조의 본령이 단시조임을 새삼 되새겨보는, 짧은 시론이라 하겠다.

2. 시조의 본질은 '노래'

우리 시조의 본령은 단시조(평시조)다. 연시조나 엇시조, 사설시조의 개념이 출현하면서 평시조라는 개념은 사설시조나 엇시조에 대비되어 연시조를 포함하는 개념이 되었지만, 시조의 형태가 확립되었던 고려 중·말엽에는 단시조가 평시조였다. 이태극 역시 보통 시조라면 단시조(평시조)를 일컫는다고 언급한 바 있다. 그는 단시조라는 것은 신라의 향가나 고려의 별곡 등의 영향에 힘입어 고려 중·말엽에 그 형태가 확립된 우리나라 고유 시가 중의 하나라고 정의하였다. 그 형식은 3장 6구이며, 한 구의 구성 자수는 7자 내외가 되고, 4율박律拍의 등시율等時律을 갖춘 정형시로, 자수율 44자(보통 42자에서 46자로 된 것이 대부분임)를 중심으로 한 단형시短型詩라고 역설하였다.

'시조'라는 명칭은 시절가時節歌 또는 시절단가時節短歌라고 하는 것으로, 조선 영조 때 시인 신광수가 쓴 『석북집』의 「관서악부關西樂府」에 의해 알려졌다는 것이 일반적이다. "일반

13

적으로 시조의 장단을 배한 것은 장안에서 온 이세춘"이라 한 것이 문헌상으로 나타난 최초의 기록이라 한다. 영조 때 이세춘이 "정가에는 엄숙한 우조羽調와 애원한 계면조界面調가 있는데 어찌 화평한 평조平調가 없어서 되겠는가라고 하며 새로 작곡한 것을 평시조라 명칭한 것"에서 비롯되었다고 한다. 본래는 시조를 단가短歌라 불러, 장가長歌인 고려가요나 경기체가에 비해 비교적 짧은 형식의 노래라는 뜻으로 불렸던 것이 단가에 곡조를 맞추어 부르게 되면서 이세춘이 '시조時調'라 하였다는 것이다. 그 뒤 가사歌詞까지를 합쳐 시조라 부르게 되었다.

이렇듯 시조의 본령이 단시조(평시조)였다는 것은 시조가 "당시에 유행하던 노래"라는 뜻을 지닌 음악적 용어였다는 유래에서 찾을 수 있다. 시조라는 명칭은 본래 3장 형식으로 나누어 가창되었던 음악에서 비롯된 것이다. 즉, 시조는 가곡창을 시대적인 취향에 맞도록 개편한 유행가조였으리라는 추정도 있다. 이러한 연유로 인하여 시조는 '시절가조時節歌調'의 준말로서 이해되고 있는 것이다. 그런 점에서 본다면, '시조'라는 장르는 그 시대의 담론을 가장 서정적으로 풀어내는 노래 형식으로서 폭넓은 계층의 다양한 목소리를 담아내는 그릇이었음을 알 수 있다. 시조는 보통 국악 가곡歌曲의 원류를 이루었던 곡조인 만대엽으로 불렸다.

18세기 이전부터 쓰이던 시조의 명칭으로는 '단가短歌'가 가장 일반적이었으며, 그 밖에도 '시여詩餘'·'신조新調'·'신성新聲'·'신번新飜'·'신곡新曲' 등이 쓰였다. 또한 18세기 초·중엽에 편찬된 시조집의 명칭은 『청구영언靑丘永言』과 『해동가요海東歌謠』로서, '영언'이나 '가요' 등과 같은 악곡을 일컫는 개념으로 쓰이고 있다. 이는 '시조'라는 양식이 가창문학으로서의 전통을 지니고 있음을 의미한다. 노래의 관점을 바탕으로 시조의 본질을 파악하려는 이태극 역시 "모든 언어가 문학의 발명보다는 앞서 있고, 노래라는 말도 다른 언어와 같이 문자 발명 이전부터 있었다"라는 언급을 통해 시조의 발생이나 전개를 음악의 성격에서 파악하려 했음을 알 수 있다. 여기서 유추할 수 있는 것은 시조가 기록으로 정착되기까지 민간에 구비 전승 되었다는 점이다. 그런 점에서 따라 부르기 쉽게 단시조의 형태를 취했던 것으로 보인다.

시조를 가사로 하여 노래 부르는 시조창 역시 『석북집』에 나오며, 순조 때 간행된 『유예지』와 『구라철사금자보』에서는 시조의 악보가 처음으로 나타난다. 그 후 가곡의 영향을 받아서 시조 곡조가 보급됨에 따라 지역적 특징을 지니며 나뉘게 되었다. "영남 시조가 좋다"라는 말에서 "영판 좋다"라는 속담이 생겨날 정도로 시조 곡조가 널리 불렸고 궁중에서까지 소중히 여길 정도였으니 시조는 범국민적인 대중가요였다. 그리고 이를 가능하게 한 것은 단시조였다.

조선 초 세종 때, 맹사성이 지은 최초의 연시조 「강호사시가

江湖四時歌」가 창작되고, 조선 선조 때 정철이 지은 최초의 사설시조 「장진주사將進酒辭」가 출현하기 전까지 단시조의 형태로 가창의 방식을 이어왔던 것으로 짐작할 수 있다. 또한 연시조는 두 수 이상의 평시조가 혼합된 개념으로 인식했으며, 사설시조는 서구의 자유시가 들어오기 이전까지 자유시의 역할을 담당한 것으로 볼 수 있다.

이처럼 시조는 음악적 특성에서 그 본질적 특성을 찾아볼 수 있다. 그러나 이러한 음악적 특성과 함께 시조의 기원설에 대한 언급을 통해 시조의 본령이 단시조라는 근원적인 물음에 좀 더 구체적으로 다가갈 수 있을 것이다. 시조의 기원설은 불가·한시 기원설, 무가·민요 기원설, 향가와 고려가요 기원설 등이 있다. 발생 시기 역시 고려 중·말엽 13세기 발생설, 조선 초 15세기 발생설, 조선 중기 16세기 발생설 등의 이견이 맞서고 있지만, 논의의 대표적인 추세는 고려 말 13세기경에 향가와 고려가요의 악곡과 시형을 모태로 하여 발생했으리라고 보고 있다. 그러나 시조와 같이 잘 다듬어진 정형 시형이 완성되기까지는 고려가요 외에도 여러 가지 시가 형태가 영향을 미쳤을 것으로 추정한다.

정래동이 내세운 불가·한시 기원설은 명나라 이후 불가에서 시조의 형식이 유래했을 것이라는 견해며, 한시 기원설은 3장 형태의 시조 형태와 절구 형식의 한시가 기승전결이라는 시상 전개 방식과 유사한 모습을 취하고 있다는 점에서 찾고 있다.

시조의 음수가 일곱 글자로 된 것이 가장 많은 데다 중장의 첫 구가 다섯 글자로 된 것이 많은 것을 보면 한시의 칠언七言과 오언五言에서 유래되었을 가능성이 높다고 언급하였다. 그런데 명나라가 1368년에 건국되었는데, 문헌상으로 확인되는 최초의 시조인 우탁(禹倬, 1262~1342)의 「탄로가嘆老歌」가 그가 사망한 해에 지어졌다 하더라도 20년이 넘게 차이 나는 것을 해명할 길이 없으며 이렇게 완성된 형태를 보이기까지 그 변화 과정의 시간이 꽤 길었을 것이라는 점을 감안하면 이 설의 신빙성은 의문이다.

한편, 가람 이병기는 시조가 무가와 민요에서 기원했다고 본다. 특정 지역에서 채록된 무당들의 신기가 시조의 3장 형식과 완전히 닮아 있다고 보는 것이 그의 견해다. 또 고려의 별곡체가 붕괴되면서 시조형이 형성되었다고 주장한 정병욱의 견해가 있다. 그는 「만전춘」의 2연과 5연을 들어 시조형과 흡사하다는 것을 밝혔다. 3장으로 분장되어 하나의 연을 이루는 형태적 성격이 시조 형태의 모체 됨에 어색함이 없다고 보았다. 한편, 시조의 기원설 중 오늘날 가장 설득력을 얻고 있는 향가 기원설을 내세운 조윤제와 김사엽의 견해가 있다. 시조와 향가의 음절 수를 분석한 결과 시조의 종장 감탄어구가 10구체 향가의 낙구落句의 방식으로 존재한다는 점과 삼구육명三句六名에 주목하여 시조의 3장 형식과 유사함을 증명하였다.

이러한 많은 이견 중에서도 공통적인 특성은 시조의 본질이 노래 혹은 음악에서 비롯되었다는 점과 조선 초기 연시조와 사설시조가 출현하기 전까지 단시조의 성격을 띠고 있었다는 점이다. 그러나 우리 선조들은 이 짧은 정형시 안에 송축, 절의, 훈민, 강호가도, 안빈낙도 등의 주제들을 3장 6구의 형식 안에 압축하여 노래하고 있다는 점에서 그들의 언어 운용의 기술과 현실 인식의 예리한 시선을 엿볼 수 있다. 다음에 인용한 이방원의 시조는 고려의 충신 정몽주의 진심을 떠보고 그를 회유하기 위해 읊은 시조로 『청구영언』에 실려 있는 작품이고, 윤선도의 시조는 개인적인 서정 세계를 노래한 작품이다. 이방원의 작품처럼 '3/4//3/4'조의 전통적 율격을 그대로 유지하면서 반복과 대구에 의해 리듬감을 자아내는 경우도 있지만 윤선도의 경우처럼 주제의 특성과 표출 방식에 있어 꼭 율격을 지키지 않는 경우도 있다는 점에서 미루어 볼 때, 선조들의 여유로운 정서와 생활 방식을 읽을 수 있다. 3음보의 민요조나 4음보의 시조 율격이 오랫동안 그 명맥을 유지할 수 있었던 것은 무엇보다도 우리 민족의 정서와 잘 부합했기 때문인 것으로 보인다.

이런들 어떠하리 저런들 어떠하리
만수산 드렁칡이 얽어진들 어떠하리
우리도 이같이 얽혀서 백 년까지 누리리라
― 이방원 「하여가」

우는거시 벅구기가 프른거시 버들숩가
漁村 두어집이 닛속의 날낙들낙
말가흔 깁흔소희 온갖고기 뛰노ᄂᆞ다
　　　　－윤선도「어부사시사」

　이러한 조선시대의 단시조는 1905년 일제에 외교권을 빼앗
기면서 왕조가 무너지고 나라의 정세가 일제에 의해 흔들리게
되면서 큰 변화를 보인다. 〈매일신보〉 '시조'란에 고정적으로
등장하던 '시조' 작품이 형식이나 내용 등 여러 가지 측면에서
기존의 평시조나 사설시조에서 변이된 형태를 취한다는 점이
그것이다. 변이된 형태는 시조의 형식과 내용뿐만 아니라, 수
용적 측면에서도 일어난다. 이때부터 시조는 '읊고 부르는 형
태'에서 주로 '읽는 기록물'로 인식되기 시작한다. 이 특성은 현
재까지 이어져서 현대시조도 '부르는 것이 아닌', '읽는' 장르
로 고착되기에 이른다. 기존의 평시조나 사설시조를 패러디하
여 당시의 상황을 고발하는 경우도 있고, 시조 종장 어미가 생
략되고 있는 모습을 보이기도 한다. 이 시기 시조들은 시조의
기본 틀과 율격에서 상당 부분 이탈된 모습을 보여주다가
1920년대 중반 최남선에 의해 시조부흥운동이 일어나면서부
터 다시 시조 창작의 활기를 띤다. 전통적으로 음악 장르였던
시조가 문학 장르로 새롭게 자리매김한 시기이기도 하다. 최남
선은 「조선 국민문학으로서의 시조」라는 글을 통해 시조의 소

중함을 '조선심'이라는 주제로 통합하면서 시조부흥운동을 전개한다. 그 이후의 작품들에서는 문학적 성격이 짙게 나타난다.

투박한 나의 얼굴
두툴한 나의 입술

알알이 붉은 뜻을
내가 어이 이르리까

보소라 임아 보소라
빠개 젖힌
이 가슴
– 조운 「석류」

꽃이 피네, 한 잎 한 잎
한 하늘이 열리고 있네

마침내 남은 한 잎이
마지막 떨고 있는 고비

바람도 햇볕도 숨을 죽이네
나도 가만 눈을 감네

조운은 석류의 외관과 내면의 정서를 연결하여 마지막 도치의 기법을 통해 "빠개 젖힌 / 이 가슴"의 의미를 강하게 부각시킨다. 이호우는 점층적 구성 방식을 통해 꽃이 피고 있는 정경 속에서 생명 탄생의 신비감을 형상화한다. 이 외에도 김상옥, 정인보, 이은상, 이영도 등이 그 맥을 이으며 자유시 못지않은 다양한 시상과 주제의식을 단수의 형식 안에 담아왔다. 음악적 성격(노래)에서 시작된 시조가 이제 문학적 성격(시)의 장르로 거듭나면서 은유와 상징의 기법을 한층 고조시키고 있다. 게다가 근대 이후의 단시조는 과거의 시조에서 보기 힘든 배행·분행 구조의 자율성을 취하고 있다는 점에서 특징적 변화를 보인다. 특히 조운의「석류」종장에서 보여준 배행 방식은 주제의식을 부각하려는 작가의 의도와 연결되는 듯 보인다. 이렇게 오늘날은 주제 표출 방식이나 이미지에 따라 배행과 분행 방식을 자유롭게 취한다는 점에서 현대성과 문학성을 중요시하고 있다는 것을 읽을 수 있다.

3. 시조성과 현대성의 발전적 절충을 위하여

지금까지 시조의 본령이 단시조라는 명제 아래 시조가 걸어

온 길을 돌아보았다. 우리의 고대시가가 '시詩'와 '노래歌'의 형식을 결합한 양식에서 출발하고 있다는 것은 우리 민족의 생활양식 안에 노래가 끊이지 않았음을 의미한다. 물론 활자 매체와 인쇄 기술의 더딘 발달이 불러온 결과이기도 하겠지만. 노래의 방식을 통해 우리 민족 정서를 체화된 감각으로 전달해왔다는 점에서 의의가 있다. 그중에서도 음악적 성격과 문학적 성격을 겸비하면서 우리 시조가 보여준 모습은 시조의 본령이 단시조에서 출발하고 있다는 것을 명확하게 인식시켜준다. 단시조의 형식 안에서 국가의 안녕이나 개인의 서정을 비유와 상징의 세계로 보여주고 있다는 점에서 우리 시조의 문학성을 확인할 수 있다. 평시조의 개념으로 불렸던 단시조가 두 수 이상 연결되어 연시조가 되고, 초·중·종장의 어느 구절이 늘어나 사설시조가 되고, 다양한 시조의 양식이 결합된 옴니버스 시조가 되는 등 오늘날은 그야말로 시조의 형식이 다양하다.

　오늘의 현대시조가 보여준 다채로운 배행 방식과 연시조, 사설시조, 옴니버스 시조의 형식 등은 우리 시조가 외관상의 다양성을 취하고 있다는 것으로 보이기도 하지만, 일부에서는 자유시의 형식과 구분이 쉽게 가지 않는다는 부정적 견해들이 제기되기도 한다. 그러나 시조의 본령이 단시조라는 점을 의식하면서 시조성과 현대성의 경계를 절충해간다면 문제는 극복될 수 있다. 흔히 맺고 푸는 시가 방식을 취하는 단시조의 특성이 연시조나 사설시조에서도 반영된다면 시조성을 지켜갈 수 있을 것이다. 시조 고유의 정형성을 유지하면서도 현대성을 모두 만족시켜야 한다는 딜레마를 안고, 우리는 시조를 발전시켜가야 하는 막중한 임무 앞에 서 있다.

아이가 그린 그림 속의 길

강경화

쭉쭉 뻗은 미루나무 종이 뚫고 나올 듯

삐죽삐죽 자라 나와 콕콕 해 찔러대도

그 길엔

그늘 하나 없다

그리움이 걸어갈 뿐

낙동강

강현덕

오래된
광목 저고리
너무 낡아 해진 올

조금씩
풀려나가는
하현달 소맷자락

바람이
그 끝을 잡고
천천히 당기고 있다

엉겅퀴 1

고정국

쉽사리 야생의 꽃은
무릎 꿇지 않는다.

빗물만 마시며 키운
그대 깡마른
반골反骨의
뼈

식민지 풀 죽은 토양에
혼자 죽창을
깎고
있다

노루귀

공영해

내 생의
골짜기 길
노루귀가 맞았다

물소리 따라가는 길은 혼자 가게 두고

귀
쫑긋
함께 듣잔다,

곤줄박이
저 재롱

모자라듯

구중서

큰 말은 서투르게 더듬대며 하는 거고
먼 직선 어딘가 휘어진 듯 보이네
조용히 한껏 이룸을 모자라듯 해볼거나

인사동에서

권갑하

생은,

슬픔의 서랍에 손때를 먹이는 일

해지고
벗겨지고
금이 가고
깨지고……

얼룩도
향기도 없는

한 생이,

찻잔 속에 어린다.

한 사람을 잊는 데는

권도중

한 사람을 잊는 데는 오 년 걸린다

그 오 년 쓸어 흐를 거리의 바람

그 바람 거두어진 바다 잠들고 올 때까지

캔

권성훈

높은 곳

손톱만 한 귀를 달아두었지

가깝지만 무겁고 멀어지면 가벼운

하늘을 따고는 하지

그 얼굴 환해지네

외상문渦狀紋

권영희

수양버들 그늘이 제아무리 좋다 해도

엄마만 한 그늘이 또 어디 있겠냐고

엄마도 엄마가 그리워 눈물 가끔 훔친다

초생달

김강호

그리움 문턱쯤에
고개를
내밀고서

뒤척이는 나를 보자
흠칫 놀라
돌아서네

눈물을 다 쏟아내고
눈썹만 남은
내 사랑

가족 없는 가족도*

김남규

어머니 눈앞에서
TV가 졸고 있다

젖꼭지 얼비친
둥그런 밤, 꼭 그런 밤엔

액자 속
사람들 모두
다른 곳을 보고 있다

* 배운성 그림 〈가족도〉.

매파가 다녀간 날

김덕남

엄마의 옷고름에 내 손목 묶어놓고

이 밤 자고 나면 엄마 얼굴 못 볼까 봐

"사립문 꼭 지켜야 돼"

끄덕이며 웃는 달

무연고 봄

김동인

부의 봉투 들고 나간
노인네 뒷짐 따라

늦눈 그친 뒷고샅
마른눈이 녹고 잇다

까마귀 모르는 제사
아지랑이 솟는 대낮

탁발

김미정

넓고

아득한 거리

헛디딘

날갯죽지

곁눈질한

모이들

빈속에

흩어지고

거꾸로

부리를 박아

발목 세워

건너는,

여의도 벚꽃

김민서

민생이 표류한다
꽃송이에 닿지 않고

공수표 꽃잎들
하르르 휘날리는

꽃놀이
여의도에선
짓이겨진 공약만

심포 협곡

김민정

바람 타고 날던 익룡
이곳 미처 몰랐을까

백악기 붉은 기침
이제 막 터져 올 듯

오래된 미래 같은 곳
푸드득 활개친다

맨홀

김보람

미명의 언어들로 꽉 막힌 뚜껑 아래

덮어버리지 못하는
밀폐의 시간들이

무호흡 공기 방울로
뒤섞여 산다

개기월식

김복근

한 치 앞을
알 수 없어
헛발질
거듭하다

가던 길
되돌아서서
흠칫,
낯선
나를 보다

등 굽은 등을 보이며
힘겨운 쟁반 돌리기

활주로

김삼환

터엉 빈

활주로를 바라보는

사람들은

저마다 가슴속에

품은 칼을

버린다

하얀 선

제트기 흔적이 바람으로

뭉개질 때

무지개 고드름

김선희

떠나가 오지 않는
사람을 기다리다

거꾸로 얼어붙은
눈물의 뼈를 본다

햇살이
물어 온 소식
무지개로 걸려 있는

'갑'질

김성찬

책상 위 다리 올리고
편한 자세로 전화를 든다

손목 꺾인 기울기에
침 튀기는 건조한 말들

기우뚱
세상 참 가볍다.

포장 잘된
상한 우유.

전어

김소해

가을 바다 잘 구워서 저녁상 준비한다

땀 젖은 당신도 돌아오는 저물 무렵

지상의 숟가락 몇 개
그 무게가 꽃이다

어떤 죽음

김숙희

지폐 몇 장 손에 쥐고

삭정이로 누웠구나

은전 하나 받아 들고

티 없이 웃던 사람

잡았던 이승의 끈도

놓고 보니 넉넉한걸

바다와 신발

김연동

무심한 철새들이 가로질러 가는 바다

무심을 건져 올리고픈 절정의 이마 끝

바람이 스칠 때마다

굽이 닳는 신발짝

......

김영란

아프면 아프다고
소리칠 줄 알아야지
그리우면 그립다고
말할 줄도
알아야지
뜬눈에
사흘 밤 사흘
맨발로 걸었네

바윗길

김영재

바위가 막는 곳에
또 다른
길이 있다

바위가 길이 되어
사람을
걷게 한다

외로운
바위로 남아
길이 되는 사람 있다

초승달

김영주

간이역 따라오며 건네주던 꽃 편지를

차창에 매달린 채 따라오던 종이칼로

연둣빛
물먹은 봄밤을
툭툭
뜯어
읽습니다.

달팽이의 생각

김원각

다 같이 출발했는데 우리 둘밖에 안 보여

뒤에 가던 달팽이가 그 말을 받아 말했다

걱정 마 그것들 모두

지구 안에 있을 거야

장미 연못

김윤숙

이파리도 꽃이 되는
초파일 연등 철엔

장미 농장 바닥에선
잘린 잎의 푸른 연못

헛손질 툭 부러진 꽃
튕겨나는
그리움

껌

김윤숭

단물이 다 빠진
껌이라도 좋다고

남들이 씹고 있는
껌이라도 괜찮다네

씹던 껌 씹는 그것도
맨입보단 낫다네

명창

김일연

죄는 다 내가 지마 너는 맘껏 날아라

진초록에 끼얹는
뻐꾸기
먹빛
소리

외딴집 낡은 들마루

무너져 앉은
늙은 아비

거짓말

김제현

거짓말도 가만히 들어보면
재미가 있다. 사연이 있다.

여자는 거짓말로 참말을 하고
남자는 참말로 거짓말을 한다.

헛말도 헤아려 듣는 나의 귀
난청難聽이 고맙다.

종

김진길

때려다오

날 좀

누가

때려다오

차운 쇠북 속으로

치미는 설움일랑

하늘과

땅을 울리며

징하게

풀고 잡다.

노숙

김진수

포플러 은행잎은 뿔뿔이 흩어지고

바람벽 하나 없이 웅크린 지하도에

허기진 옷소매까지 냉가슴을 후빈다

소나기

김진숙

내 몸을
훑고 지났다

토란잎
우산 쓰고

지금 누군가 울음을 뚝, 그친 것 같다

싸늘히 놓쳐버린 손
치자꽃이
또
진다

가시연꽃

김진희

뿌리째 흔들리는
내 삶은 저 깊은 늪

홍등가의 여인처럼
썩어가는 등창에도

사랑에
몸져누운 잎
가시 세워
부르는 노래

홍시

김차순

말랑하게 차오르는
가슴 하나 내어놓고

눈이 붉은 달의 성채
단물이 들어갈 때

벙긋이 웃으라 하네
목이 긴 저음으로

백간白簡

김창근

어찌 다 적을 수 있으랴
하고픈 말 웅어리져

저리 야위도록
돌아누운 한 생인데

온밤을 펼쳐 헤매도
다 못 읽는
그대, 등

잠시, 천 년이

김현

우리가
어느 생에서
만나고
헤어졌기에

너는
오지도 않고
이미 다녀갔나

등나무
의자에 앉아
잠시, 천 년이
지난다

사막시편
−꽃길

김호길

기쁘고 슬프고 때론 고통에 절룩거린
그 모든 여정이 이젠 그리움이 된다.
돌아와 다시 선 그 자리 그 모두 꽃길이 된다.

석류

나순옥

안으로만 삭히고 삭혀
끝내 터져버릴 것을
예상치 못했다는 말
그게 더 큰 상처다

빠개진
내 가슴 앞에
고개 떨구지 마라

사랑한다는 것은 1

노영임

살여울에 놓친 까막 고무신
따를수록
멀어만 지고

허방 짚어 깨진 무르팍
생채기
핏물 밸 무렵

손에 쥔
한 짝 그마저
슬며시 놓아버리는……

무등산 솔방울

노창수

무등의 5월 깊다
자유로운 세포로

고픈 배 가득히
민주주의를 채우리

휘파람 오므린 입술
주먹밥을 먹는다

없다
-낱말 새로 읽기 50

문무학

'없다'는 가볍다
비었기 때문이다

무거울 것 천지에 없을 것 같지만

가진 것
정말 없을 땐
온몸이 다 무겁다

봄을 보다

문수영

새는 참나무 숲 속으로 날아가고

희미한 가지 흔들어 깨우는 바람

알전구 가슴에 달고

달려오는

저, 봄볕!

옥수수

문순자

어느 철교 지날까, '기찻길 옆 오막살이'

건널목 있었던가, 깜부기 같은 이 그리움

다 먹고

하모니카 분다

칙칙폭폭, 칙칙폭폭

지금 몇 시인가

문영순

사람만이 내일 일을
궁금해한다는데

현재는 버려두고
지난 것에 집착하고

오늘은
바늘귀에 꿰는
명주실이 아닌가

사별

문인수

다섯 살, 일곱 살, 잠든 두 아이 들여다본다.

들여다볼수록 당신 참, 새록새록 닮았다.

와르르, 껴안게 되는 이, 감격의 도가니……

사례

문제완

목젖을 치고 나온
불현듯, 돌발 돌출

번개 치듯 잘라내는
금기의 말씀 있어

아찔한
목숨이 된다
들숨 날숨
멈추고

희망

문희숙

흙 묻은 채 호박이 넝쿨로 오고 있다

혼자 견딘 긴 여름 들판을 밟으며

이 가을, 구릿빛 얼굴에 새끼들 앞세우고

너무 큰 집

민병도

적막에 턱을 괴고

살구꽃 환한 봄날

혼자 남은 아버지가

바가지에 쌀을 씻는다

이승의

남은 집 한 채,

새소리도

끊겼다

연

박권숙

시가 찾아오기를 백 년쯤 기다리다

학이 되어버린 내가 긴 목을 뽑았을 때

바람의

손가락 사이로

백 년이 지나갔다

미궁

박기섭

끈 풀린 신발 한 짝 길섶에 버려져 있다 미처 수습지 못한
짧은 비명의 흔적 다급히 오그라 붙은 캄캄한 저 바큇자국

홍련 소식

박명숙

늑장 여름이 막 탈고한 혼신의 역작 한 편

유등지 배꼽 뚫고
붉은 목숨 길어 올린

설화는
지금 한 대목
부귀영화도 한 대목

모과

박성민

목숨 걸고 사랑했던
기억만 남아 있다

목젖까지 닿은 울음
그으면 확 타오를

주황빛 알전구 속에
그윽한 향기 한 줌

노숙자

박순영

그도 한 번은
아버지의 아들로

어쩌면 지금은
아들의 아버지로

사무친
세월의 꿈이
지하도에 자고 있다

낮달

박시교

그대 숨어서 우는 천만 자 눈물의 샘
한밤 내 길고 긷다 곤해 지친 잠의 면적이여
오, 부신 빛의 소나기 앞에 눈뜨지 못함이여

동학사 풍경

박영교

천구백구십구년 동짓달 하순,

동학사 깊은 계곡에서

비구니 스님들이 둘러앉아

고추를 다듬고 있었다.

한겨울

월동 준비 하는

마음 부푼 김장철인가 보다.

꽃이 될밖에

박옥위

겨울밤 하늘에서 흰나비가 날아온다

한 마리 두 마리 아아 가뭇없이 날아오는

나비 떼

새하얀 나비 떼

나는 그냥

꽃이 될밖에

어우렁더우렁

박정호

나뭇가지에 새가 앉았다

그대 곁에 내가 있듯이,

서로에게 깃들어

푸른 숨 이어가듯이,

우리는 모든 것이다

이 땅의 권속眷屬들이다.

고산孤山을 만나다

박지현

십일월 바람 부는 땅끝을 따라가다

발 벗고 바다에 기댄
하늘 하나를 보았다

달빛의, 어부사시사 동백처럼 붉었다

덩굴장미

박해성

발정 난 짐승인가, 담장을 훌쩍 넘어
일방통행 레드존*에 아으~

낭자한 절규!

차라리
꽃이라 하자,

저 환장할 암컷들

* Red Zone : 청소년 통행금지 (제한) 구역.

송정리 詩篇 1

박현덕

송정리역 앞 1003번지
맨몸으로 버티는

퇴폐 이용원
그만둔
스물넷
누이가 산다

밤마다
환장하게 피어
쪽방 밝힌
자궁꽃

몽당연필

박희정

내 살이 다 닳아서 없어질 그때까지

시간이 문드러져 여백을 채울 때까지

뻥 뚫린 심장의 말을

전할 수만 있다면

작품에 손대지 마시오

배우식

상가 골목 노숙자가
덮고 있는 종이상자,

그 위에 삐딱하게 쓴
'작품에 손대지 마시오.'

시장의 맵찬 눈보라만
그를 가끔, 들춰본다.

매화나무 아래서

백이운

꽃잎인가 하여 보니 놓쳐버린 자구字句들

온몸을 굽히고 난 다음에야 만나는가

시간의 둥근 그림자

그늘만큼 가벼워진.

만월

백점례

용접공이 데인 하루 창문가에 접어놓고

막 끓은 저녁 밥상 웃음소리 팽창할 때

그 아내 만삭의 몸도

둥실 뜨는 초저녁

벌교

변현상

전라도
보성
벌교
저 갯벌이 종교다

날름
날름
주워 먹는
꼬막은 구휼금이고

널배가
넓은 신전을
헌금도 없이
지나간다

설산

서석조

단 한 치
끊어내지 못한
울 어머니 만길 시름

마지막을 숨 쉬면서
또 하나 거머쥐시던

막내야!
그래, 막내야!
그 하얗던 병상 자리

오월, 자전거를 타다

서숙희

물방울무늬 스카프
바람보다
앞에 섰다

페달을 밟을수록
부풀어 오르는

탱탱한
동그라미에 감기는
생고무 같은,
지구의 살

아름다움에 대하여

서연정

뿌리를 다 내놓은 다산초당 동백나무
불끈불끈 푸른 힘줄로 칼바람 낚아채서
맥마다 뜨거운 풀무질 잉걸불을 일으킨다

꽃들의 모의

서정택

우릴 가둔
겨울밤도
내일이면 끝이야

초록빛
도화선에
봄의 불꽃 끌어당겨

땅거죽
절절 끓도록
펑펑 터져버리자구

나무 무덤

서정화

바난나무* 너른 품에
층층 앉힌 무덤들

죽은 아기 영혼들이
잠시 쉬다 가는 자리

새 별을
만드느라고

파란 하늘이
흔들린다

* 인도네시아 토라자 마을에서는 아기가 죽으면 바난나무에 묻는데 '아기 무
  덤 나무'라 불린다.

거울

선안영

길의 상처를 핥는 혓바닥같이 고인 물

다 버리고 뎅그러니 가장자리만 남은……

그믐달

물웅덩이 속으로

미늘처럼 꽂힌다.

방충망 갈아주는 사람

손영희

꿈속이었나,
누가
잠깐
다녀간 것 같다

나락으로
비 들이쳐
발치께가
흥건하다

누군가
내 몸을 뜯어내고
거미줄을 치고 있다

탁목 啄木

송선영

노목老木이 허리춤 열고 새 한 마리 풀어놓네

노경老境에 제 몸을 헐어 부양하는 그 푸른 새

새 아침
고요의 숲에 들어

면벽하네, 목탁 치네.

맨드라미

신강우

성이 난
투우의 뿔을
잔뜩 세운다

허기진
늙은 악마
혓바닥 날름댄다

태양의
가슴을 겨눈
큐피드의 독화살

가난한 날의 동화

신양란

"한 번 주믄 정 읎대유,
한 숟갈만 더 받어유."

"어이구, 벌서 배불러서
들어갈 디가 참말 읎슈."

알아도 웃으며 속고,
웃으면서 속이던……

퇴출

신필영

문 닫은 산골 분교
야윈 기둥 녹스는 종

잃어버린 소리들이 환청으로 칭얼댄다

울려서 전해줄 시간,
그 시간의 부재 속에

낙상

양점숙

흐니 매화 눈발 따라
떠도는
이런 봄날은

덧없다 부질없다
곤두박질치는 꽃잎들

털어낼 세월이 많아
맥없이
넘어진 할매.

상처
−비어 있는 병을 위하여 4

염창권

부서지며 반짝 날을 세우는 것은
자신의 내부를 향한 적의敵意 때문이다

영혼의 살갗을 벗기는
저 불길한 피 흘림은……

섬잔대

오승철

아버지 옆자리에 어머니 묻어놓고,
내 고향이 이승인지, 저승인질 묻습니다.
내 생애
최초의 여자,
몇 잔 술로 묻습니다.

행간을 넓게

오영빈

조금 뒤처져 가니

패랭이꽃도 보이네

있으려니, 질러가는 길

외면하듯 돌아서 가는

되도록

행간을 넓게

풀어 쓰는 생활 보법

하지夏至 소묘

오영호

고요를
눌러대는
6월의 햇살 아래

한 마리 무당벌레
풀잎에 장좌불와 중

울담 밑
하얀 봉숭아꽃
뱉어놓은
까만 사리

한계령의 밤은 길다

오종문

하루의 무거움, 혹은
절망에 공감하는 밤

가자,
이 눈가림의 세월
벌목하는
세상 속으로

인간이, 사람들만이
나를 살릴 것이다.

나무 백일홍

옥영숙

꽃차례로 대궁마다
석 달 열흘 불 지피는

그을린
얼굴을 보았네

맨살이
아프겠다

배려

우아지

자목련
두어 송이
가지 끝에 달려 있어

서쪽으로
가다 말고
멈칫멈칫 걷는 햇살

한 템포
늦게 가는 길
활짝 핀 감탄사다

붉은 시간

우은숙

삶이 꽤

악착같이 들러붙을 때가 있다

절박한

시간만이 내게로 올 때가 있다

퇴근길

쪼그라든 해가 등 뒤에 걸린 그때

휴대전화

유자효

세상과 나를 잇는 무수한 탯줄들
배꼽만 부여잡으면 어디를 떠돌아도
다시는 길을 잃지 않으리
외로울 틈도 없으리

이 순간

유재영

덩굴손
긴 봄날이
흘림체로
쓰여지고
뻐꾸기
울음소리에
번져가는
푸른 적막
못 이룬
지상의 꿈이
메꽃으로
지고 있다

풀

유종인

죽은 자여,

이 갓 낳은 초록을 마저 보라

무덤 풀 새로 돋아 손으로 쓸어보니

죽었다

살아왔다는 그 말이

푸르게

젖어왔네

횡단보도에서 꿈꾸다

유헌

넘어서는 안 될 선에 급브레이크 걸린 아침

가로줄 몇 가닥을 희망으로 그러안고

발바닥 밑줄까지도 줄 대기에 바쁜 우리

마흔의 시간

윤경희

푸른 오가피 잎들

계절을 헤엄친다

희부연 유리병 속

따뜻한 차茶 같은

제 몸을 우려내는 일

한 시절 지워가는 일

가는잎쑥부쟁이

윤금초

골 깊은
새벽잠
깬
푸른 고요 하늘 이고,

은입사
실구름무늬
태산의 무게
받쳐 들고,

낮벌레
울음밭 흔든
꼬리 짧은
저 메아리.

바늘귀를 꿰다가

이경옥

천지사방이 길 같아 헛갈리고 엇갈리며

어찌 저찌 접어든 길 뚜벅여 온 외길에서

등 굽은 내 안의 낙타가

바늘귀를 뚫고 있다

시

이광

어두움 지워내고
이제 시가 나를 쓴다

영혼의 다락방에
초 한 자루 타는 밤

찻잔에
나를 따른다

빗소리

이교상

혼자 던진

질문처럼, 혼자 듣는

대답처럼

오다가

되돌아갔다

또다시 날 찾아온

길 잃은

새 울음처럼

쏟아지는

!

!

!

꽃은……

이구학

꽃은—
피는 게 아냐
그리움이
터진 거지……

내 온몸의
피가
피가
열꽃 되어
터진 게야……

꽃비로
당신 적시려
혼魂을 활활
태운 게야……

목련

이근배

누이야
네 스무 살 적
이글거리던 숯불

밤마다 물레질로
뽑아 올리던 슬픔

누이야
네 명주빛 웃음이
눈물처럼 피었다

잔영

이남순

불 꺼도 한사코
아른대는 그림자로

한 달 남짓 머문 자리
초름히 앉아 있다

텅 빈 방

쓸고 나와도

구부정한 아버지

저무는 가내공업 같은 내 영혼의 한 줄 시

이달균

그래도 나는 쓰네 손가락을 구부려
떠나는 노래들을 부르고 불러 모아

저무는 가내공업 같은 내 영혼의 한 줄 시

거울

이상범

공한지에 말뚝 없이
매어놓은 버스 몇 대

문득 올려다본
백미러에 가슴이 죈다

한 시대 불신의 눈망울
얼비치는
까만 철망,

마지막 잎새

이상야

립스틱 지워가며
잠이 드는 저녁노을

화려하던 춤사위
장막 뒤로 가려지고

스르르
무너져 내려
열반 길에 접어든다.

노도櫓島*의 파도 소리

이서원

노모老母를 위해서라면 하룻밤도 족한 시간

구수한 사투리 같은 동백 우거진 초옥에서

구운몽, 사씨남정기 한 장 한 장 써 내려가는

* 서포 김만중의 유배지로, 「구운몽」을 썼다는 남해의 외딴섬.

수국

이석구

대웅전 문밖에 나온
오백의 나한들이

손톱만 한 꽃잎을
하나씩 잡아당겨

천 송이
꽃을 맺는데⋯

꽃이 펑펑
터지네요

열쇠

이송희

너는 이미 떠났을까

단단하게 잠긴 안쪽

지상의 암호들도

서성이다 돌아갔나

비틀면 열리던 사랑

등 돌린 채 말이 없다

금산 너럭바위

이숙례

저 멀리 바다 위에 섬 띄우고 정좌하면

해풍은 수런수런 낮은 목소리로 다가와

가슴에

누르는 돌 하나

내려놓고 가란다

귀로 쓴 시

이승은

햇살의 고요 속에선
ㅉㅉㅉ, 소리가 나고

바람은 쥐가 쏠 듯
ㅅㅅㅅ, 문틈을 넘고

후두엽* 외진 간이역
녹슨 기차 바퀴 소리

* 주로 시각 정보를 처리하는 대뇌의 맨 뒷부분.

가축시장

이승현

영문도 모른 채
엄마와 헤어지고

눈물 그렁그렁
울음 우는 저 송아지

꽃 피고
꽃 지는 봄날
하늘 한쪽 시리다

무심 無心

이양순

솔바람이 길을 여는
영축산에 오른다
뒤따라 그림자도
뒤질세라 함께 오른다
찬불가 평조 한 소절에
그림자도 나도 지워진다

초승달

이영필

어릴 적 한눈팔다
깨뜨린 사발 한 조각

베란다 저 너머에
눈 시리게 박혀 있다

쫓겨난
그날 저녁답
날 빤히
쳐다봤던

홍시를 보며

이용상

내 몸도
내 맘대로
이끌지 못한 날

살아온 정열보다
죗값이
더
무거워

아직도
남은 목숨이
한천寒天에도
식지 않네

팽이

이우걸

쳐라, 가혹한 매여 무지개가 보일 때까지
나는 꼿꼿이 서서 너를 증언하리라
무수한 고통을 건너
피어나는 접시꽃 하나.

귀뚤귀뚤

이원식

오늘도 참 많이 울었다

풀에게 미안하다

이 계절
다 가기 전에
벗어둘
내 그림자

한 모금 이슬이 차다

문득 씹히는
내생來生의 별

얼레와 어금니

이정원

사는 일 부대끼며 얼레를 풀다 보니

내 천川 자 주름 위에 한 생애가 지나간다

삭아야 길을 내는가 어금니 같은 나의 기도.

벽壁
−겨레여, 한반도여

이정환

이룰 수 없는 만남이
이루어놓은 고요

돌로도, 무지개로도
어쩌지 못할 고요

수천만 새 떼들이 부딪쳐
피 흘리며 세운 고요

수박을 노크할 때

이종문

똑 · 똑

똑 · 똑 · 똑

수박을 노크할 때

수박이 도로 나를 똑 · 똑 노크하는 느낌!

익었나?

똑 · 똑, 똑 · 똑 · 똑

아직

덜 익었군

그래

너무 늦게 온 사랑

이지엽

색이 바래고 경첩 빠지고
좀이 슬고 삐걱거리는

비틀고 휘어져
누구도 가져가지 않을

늦가을 비에 젖고 있는
저 낡은 가구들

청암사

이태순

그대,
초가을입니다
잘 마른
꽃살문입니다
무릎 해진
의자입니다
돌아보면
숨습니다
갈 길이
어긋나 버린
때늦은
폭설입니다

벼르고 한 말

이태정

두고두고 쌓아둔 말, 할 말이 참 많았다
그 많던 말들은 어디에 다 숨었나
한참을 머뭇거리다 한 말

밥은
먹고 다니니

가을밤

이해완

귀뚜라미여,
잠시
울음을
그쳐다오

시방
하느님께서
바늘귀를
꿰시는 중이다

보름달
커다란 복판을
질러가는
기
러
기
떼

감잎 단풍

임성구

첫서리가 새빨간 감잎에 앉았습니다

쭈글쭈글한 가슴으로 달에게 젖을 물린

대봉시 감분 같은 어머니
단풍 한 잎이 눈물입니다

등불

임성규

절정이란 한꺼번에 무너지는 것인가

날개를 단 수컷들의 비행이 끝난 뒤에

불꽃을 지우고 난 길을 맨손으로 더듬다

봄눈

임채성

그대
언제
다녀가셨나?

온다
간다
기별도 없이

금세
왔다
갈 거라면
기척이나 하지 말지

아, 씨발!

마른 가슴에
불은 왜
질러놓고

분서 焚書

장수현

더는
볼 것 같지 않아
모아둔 책을 태웠다

초경初經의 혈흔처럼 타오르던 문장들

몇 구절
옹이로 남아
눈이 매웠다.

수국

장영춘

밤새 이슬에 젖은 안경알을 닦고 있네

촘촘히 사슬뜨기로
길 하나를
엮으신

어머니 발품으로 뜬
그 생애가 빛난다

동백꽃

전연욱

집도 돈도 없는데
빨간 접동백 꽃나무 샀다

어디 둘까 몇 끼는 굶자
마냥 홀려 끝낸 흥정

고향 집
뜰에 낙화한 핏덩이
환생했다 꽃봉오리

산사로 가는 길

전연희

살겠다

살겠다고 냇물이 속살대자

알겠다

알겠다고 꽃잎들이 사운댄다

동안거

스님 여윈 볼

분홍 꽃물

발그레

배추벌레를 잡으며

전일희

배추밭에 배추벌레
보이지 않는 한낮

푸른 수의 곱게 입고
곰실곰실 기어간다

마지막 허물마저 벗은
나비 한 마리 날아간다

씨앗

정경화

내 숲이 가난하여
터를 다시 갈았습니다

키 낮은 풀꽃에게서
속이 텅 빈 고목에게서

빌려 온
경전經典 한 구절
봄빛 속에
묻습니다.

폭포

정공량

상처가
거느리는
금이 간 우렛소리

외마디
탱탱한 전율戰慄
천지간天地間에 세워놓고

시간은
합장을 할 뿐
기억 속을
맴돌 뿐

늦저녁

정수자

거기
혼자 밥 먹는 이

등에서 문득
주르르륵

모래 흘러내려
어둠 먹먹해져

지나던
소슬한 바람

귀 젖는다

鳴沙⋯⋯

새벽기도

정온유

새벽이 온다는 것은,
신께서 내게 들어와

지워진 길 위에 등불 하나 밝히는 것,

없던 길 온 마음 다해 지어내는 것이다.

후광 後廣

정용국

속 넓은
골짜기였다

온갖 목숨
다 자랐다

솟구치던 눈물이었고
들끓던 기쁨이었다

지뢰밭,
맨 앞에 서서

성큼성큼 걸어간 그는.

흔들의자

정평림

양피 깔개 솜털 같은
햇귀 한 줌 고르는 시간

어느새 물이 들어 저문 창가 비껴가네

머흔 길
끌어 보일까
흔들리는 빛과 그림자

당나귀 귀다

정해송

사랑은 가슴에서 멀고
증오는 혀에서 가깝구나

입에 재갈 물려두니
두드러기 일어난다

조각달
시린 대숲에서
구멍 뚫어 저 불까나

하현 下弦

정혜숙

머언 기별 같은
저물지 않는 이름 같은
외진 간이역의 늦게 핀 백일홍 같은
서늘한 한 줌 묘비명
하늘 난간
흰 하현

낡은 선풍기

정희경

스위치를 넣으면

억수같이 내리는 비

덜덜덜 소리 풀어

눅눅함을 지운다

온종일

열나는 모터

갱년기가

거기 있다

칠월

조민희

햇살 짜글거려
화드득 타는 배롱나무

타는 매미 울음 타들어 가는 밭고랑에

어머니
타는 속내가 녹음보다 더 짙다

자주섬초롱꽃

조성문

먼 뱃길 고개 숙인 누이야 말 좀 해다오.

빗방울 푸른 종소리
머리 올 흩날리는데

바람이
비질해놓은
환한 길
휘청 휜다.

내가 나를 바라보니

조오현

무금선원에 앉아
내가 나를 바라보니

기는 벌레 한 마리
몸을 폈다 오그렸다가

온갖 것 다 갉아 먹으며
배설하고
알을 슬기도 한다

인생의 지피에스

지성찬

빤히 보이는 물속
그 깊이를 알 수 없고

투명한 하늘을 봐도
그 거리를 모르겠네

칠십 년
인생을 살아도
알 수 없는 삶의 좌표

따스한 꽃

진순분

어둠과 화해하고
고통과 악수를 하면
모진 풍파 견딘 벼랑에
온몸 부서지는 파도도
수없이 지고 피는 꽃
돌아보면
다 꽃입니다

눈 1

최연근

선잠 깬 순백의 나신
그 향기 그윽한데

부딪치고 찢어진 날개
다시 또 날 수 없는

감춰야 더 아름답다 했는가
미백美白의 여인이여

덩굴손

최영효

엎드려
기어가리

기어서
울어 가리

맨손 맨발로 나서
맨몸으로 죽어가도

내 청춘
땅을 가르고
벌거숭이로 왔듯이

억새꽃

최오균

열사흘 달빛 아래
은빛으로 우는 으악새

비운 만큼 홀가분한
존재의 가벼움 아는

백발이
성성한 신사,
저 꼿꼿한 노후 老後 여

살구 살구 개살구

하순희

길을 가다 문득

살아온 날 돌아보니

그리워할 아무것도

남아 있지 않구나

적요로 시린 앞섶은

때깔 좋아 환하다

저물 듯 오시는 이

한분순

저물 듯 오시는 이
늘
섧은
눈빛이네

엉겅퀴 풀어놓고
시름으로
지새우는
밤은

봄벼랑
무너지는 소리
가슴 하나 깔리네

적색 포인트

한희정

흰 블록 걸터앉아

주름부채 흔드는 유월,

어머니 사랑만큼

하얀 틀니로 웃으시다

묵묵히 꽃잎 진 자리

앵두알이

영근다

홍매 紅梅

현상언

사랑하지 않았다면
꽃 어이 맺혔으며

눈서리 아니었다면
꽃 어찌 피었으며

아리랑
수풀 사이로
저리 아름다우랴

동백

홍경희

등 돌린 사랑 앞에
피는 꽃이 저럴 거

때아닌 춘설 앞에
발버둥 치고 싶은

못다 준 그녀의 사랑
감춘 눈물이
저랬을
거.

섬

홍성란

멍든
섬을 깎아
모래를 나르는
파도

천 갈래 바닷길이여, 만 갈래 하늘길이여

옷자락 다 해지도록 누가 너를 붙드는가.

드렁칡

홍성운

선거 전
번들거리는 행색을 볼작시면
홍자색 네 입술을
믿을 수 없다 나는,

카키빛
지상의 넌출로
거머쥔 들풀
혹은 여론

종이꽃

홍오선

한번 접은
그 마음
피면 지지 말아라

사랑도
헛꽃이라고
배시시 웃는 너를

밤새워
접었다 폈다
한 번 더
눈 흘기다.

찔레꽃 애기상여

홍준경

쿡쿡 찌르는 가시 찔레
아야, 아야 피어나서

소곤소곤 귀엣말
몇 소절 주고받다

시리게
푸른 강물에 애기상여 떠간다

착한 허점

황성진

그저께는 감잎이 하나 떨어졌고

오늘은 마지막 남은 감 한 알마저 떨어졌다

더 이상 떨어질 게 없는

나무의 저 착한 허점

말이 많으면 쓸 말이 적다고 했다.

시가 여전히 길다.

A4 한 장을 넘어가는 시들도 많다.

그만큼 할 말이 많아진 것일까?

시가 말이 많다는 것은 그만큼 우리가 세상에 대해 해야 할 말을 직접적으로 못 하고 있다는 반증이기도 하다.

그러나 시가 시인 까닭은

가장 적은 언어로 지었지만 의미가 함축된 내실 있는 집이기 때문이다.

진정한 시는

압축되고 절제된 시어로 독자에게 긴장감을 선물한다.

그리고 그 즐거운 긴장 속에서 독자는 공감한다.

이 공감의 출발은 단시조短時調다.

이 짧은 행간에

해가 뜨고 달이 뜨고

봄꽃이 피고

늙어가는 나무의 나이테가 그려지고
지금은 곁에 없는 사람이 있고
그가 남긴 발자국도 있다.

단시조 156편을 엮는다.
짧은 가락의 열기 속에서 익어가는 시간의 열매가 보인다.

　　　　　　　　　　　　　　－2015년 7월, 무등산 옛길을 걸으며

　　　　　　　　　　　　　　　　　　　이송희